Caillou™

El calcetín desaparecido

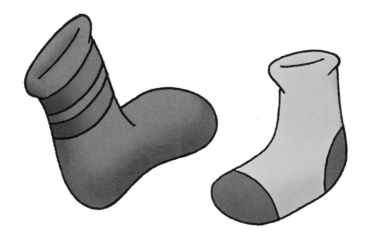

Adaptación de la serie animada, Sarah Margaret Johanson
Ilustraciones: Eric Sévigny, basado en la serie animada

Altea

chouette

dhx media

Mamá puso una pila de ropa
recién lavada sobre la cama
de Caillou.
"Necesito calcetines",
dijo Caillou.
Aventó la ropa y por fin
encontró un calcetín.
"¡Yey, mi favorito!",
exclamó mientras se lo ponía.

¿Pero dónde estaba el otro? "Quizá esté en el cuarto de lavado", dijo, y bajó las escaleras hasta el sótano. Caillou quería buscar dentro de la lavadora, pero no alcanzaba. Decidió subir a buscar ayuda.

Cuando llegó a la puerta del
sótano, Caillou giró la perilla.
Para su sorpresa, ¡la perilla
se salió de la puerta!
"Oh,oh", dijo.
Caillou intentó abrir la
puerta, pero no se movió.
Comenzó a tener miedo
y gritó: "¡Mami, mami!".

El papá de Caillou lo escuchó gritar.

"No te preocupes, aquí estoy".

"¡Papi, la puerta no abre!", dijo Caillou lloroso.

"No te preocupes, te sacaré", dijo papá.

"¿Se salió la perilla de tu lado?".

"Sí papi, la tengo en la mano".

Papi giró la perilla de su lado con mucho cuidado.
La puerta se abrió y Caillou saltó a sus brazos.
"Todo está bien Caillou. ¿Qué hacías aquí abajo?".
"Buscaba mi calcetín", dijo Caillou.
"Busquemos de nuevo, juntos", sugirió papá.

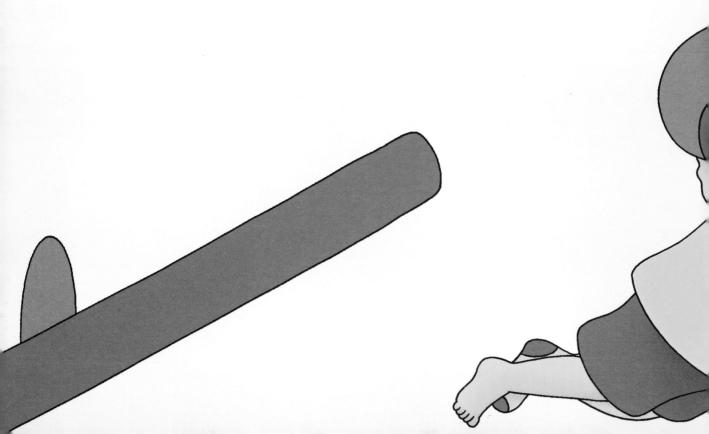

Caillou y papá bajaron
de nuevo al sótano a buscar
el calcetín.
Arriba, mamá pasaba junto
a la puerta del sótano.
"¿Olvidé cerrar esta puerta?",
se preguntó.
Entonces, la cerró y se marchó.

Papá y Caillou buscaron por todo el cuarto de lavado.
Buscaron en la lavadora y también en la secadora.
"¿Está ahí Caillou?".
"No papá, no está aquí", respondió Caillou.

"Bueno, vamos por otro par de calcetines", dijo papá.
"Pero quiero usar mis favoritos", exclamó Caillou.
Papá levantó a Caillou y comenzó a subir la escalera.
"Cuando te pongas calcetines, ¿me ayudas a arreglar la perilla?".
"Está bien", dijo Caillou.

Al pie de la escalera, Caillou
y papá, notaron que la puerta
estaba cerrada.
"¡Oh, oh!" dijeron ambos.
"Gritemos juntos", sugirió
papá.
"¡Mami, mami!".

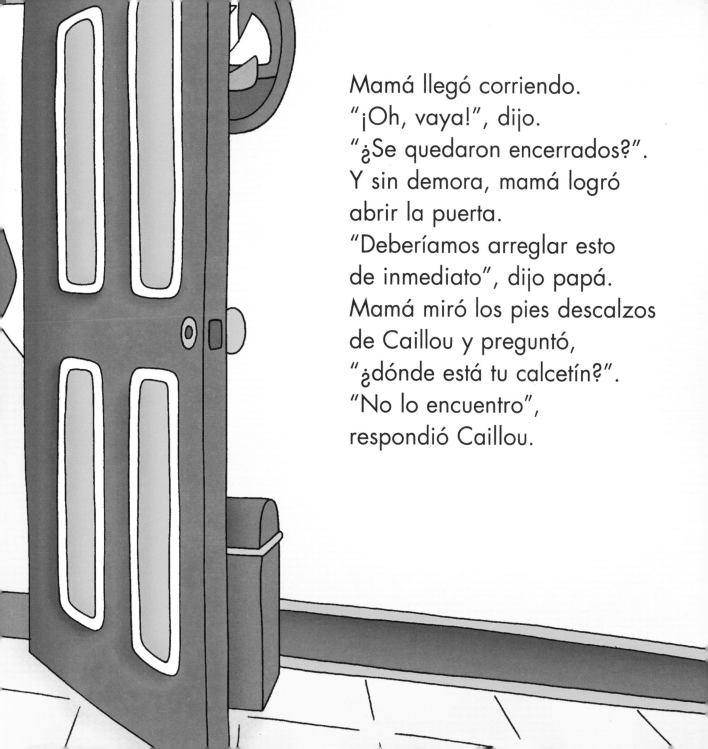

Mamá llegó corriendo.
"¡Oh, vaya!", dijo.
"¿Se quedaron encerrados?".
Y sin demora, mamá logró
abrir la puerta.
"Deberíamos arreglar esto
de inmediato", dijo papá.
Mamá miró los pies descalzos
de Caillou y preguntó,
"¿dónde está tu calcetín?".
"No lo encuentro",
respondió Caillou.

"Anímate y busca en el cesto", dijo mamá.
Caillou buscó dentro y encontró el calcetín desaparecido.
"¡Aquí está!", exclamó.
"Muy bien Caillou", dijo papá.
"Arreglemos esa perilla para que nadie más
se quede encerrado en el sótano otra vez".

© 2013 Chouette Publishing (1987) Inc. y DHX Cookie Jar Inc.
Caillou es una marca registrada de Chouette Publishing (1987)Inc.

Adaptación del texto: Sarah Margaret Johanson, basada en el escenario de
la serie de dibujos animados de CAILLOU producida por DHX Media Inc.
Historia original: Marie-France Landry.
Ilustraciones: Eric Sévigny, basado en la serie animada
Directora de arte: Monique Dupras

Título original: Caillou The missing sock
Traducción: Arnoldo Langner Romero

© De esta edición:
Santillana Ediciones Generales, S.A. de C.V.
Av. Río Mixcoac No. 274,
Col. Acacias, 03240, México D.F.
Tel: (55) 54207530
www.librosalfaguarainfantil.com.mx

Altea es un sello editorial del **Grupo Prisa**. Estas son sus sedes:
Argentina, Bolivia, Chile, Colombia, Costa Rica, Ecuador, El Salvador, España, Estados Unidos de América,
Guatemala, México, Panamá, Paraguay, Perú, Puerto Rico, República Dominicana, Uruguay y Venezuela.

Primera edición: mayo de 2013
Primera reimpresión: julio de 2013

ISBN: 978-607-11-2567-5

Esta obra se terminó de imprimir en julio de 2013
en Editorial Impresora Apolo, S.A. de C.V., Centeno 150-6,
Col. Granjas Esmeralda, C.P. 09810, México, D.F.

PRISA EDICIONES